행복하세요.
사랑합니다.'

송암 전 해진

내가 가는 그 길에

내가 가는 그 길에

송암 권 태 진

성빛

시
인
의

말

내 고향 큰 구렁이라 불리던 마을

각성바지로 외롭게 지낸 유년 시절.

아비 없이 어미 품에 가난을 친구 삼고

오디 밤 앵두 산딸기 간식 삼아 자랐습니다.

경작할 땅 없어 고향 뒤로 하고 읍내로 이사했는데

교사였던 아버지 어릴 때 돌아가셨지만

교감 선생님 되신 아버지 친구를 만나

국민학교 6학년부터 다시 공부할 수 있는

학업의 길이 열렸습니다.

육체의 아픔 통해 영혼을 깨우신 주님을 만나

신령한 세계로 내 삶이 옮겨진 후

목사가 된 지 반세기가 흘렀습니다.

인생의 수많은 만남과 헤어짐 속

내가 가는 그 길에 핀 시와 찬송의 꽃.

만개한 그 향기가 널리 퍼지고

세상의 빛이 되길 소원합니다.

하나님을 만나고 당신을 만난 것이

내 인생 최고의 행복입니다. 사랑합니다.

2024년 7월 8일

송암 전 해진

1장 / 감사로 호흡하며

2장 / 사랑을 심으며

3장 · 행복을 꽃피우며

/ 1장 /

감사로
호흡하며

동녘의 해

동녘에 해가 뜨면
잔잔한 바다
은빛 아른거리네

중천 가는 길목
밤 그림자 사라지고
낮의 생명력
나뭇잎에 일렁이네

중천의 봉우리 넘어
밤 향해 가노니
저녁노을 구름 거느리네

아! 인생들아
밤낮을 누리라

한곳에 머무름 없이
뜨고 지고 뜨는 태양
저 하늘의 신비에 마음 두어라

설산의 봄

설산 봄빛 입 맞추니
가슴 녹여 꽃다발 드리운다

눈물 돌개천 노래에
버들잎 춤추니

산 아래 웅덩이 눈 뜨고
하늘 산악을 품는다

낮은 해
밤은 달과 별
맑은 눈망울 생명 비춘다

계절의 물레 타고
좁은 길 외나무다리로
낙원 향해 걸어가노라

하늘의 눈빛

하늘의 밝은 눈빛
대지 더듬는 때
흙가슴 잔털 솟듯
형형 풀잎 돋아나
색색의 꽃들 함성

지난 밤 내린 음식
활기를 더한다

목련 개나리 진달래 벚꽃
열매 없이 화려함만 뽐내는
실속 없는 젊은 나무
잎 없이 꽃 피우나

너도 한 송이 꽃 매력의 은사
님이 내린 선물 받았구나

봄비

소리없이 임하는 해빙의 봄비
앙상한 가지 구슬땀 맺히니

하늘 개이고
새싹 틈 노란 개나리
부화된 병아리 입 마냥 뾰족

훤칠한 목련
쨍한 진달래
하늘 내리운 음식 먹고

설산의 풀린 맘
돌개천 노래 자아낸다

마른 개울
맑은 물 흘러
돌밑 가재 키우고
산들의 혈관 건강하니
찾는 이들 행복 준다

지혜 주소서

은혜를 은혜로 알고
사랑을 사랑으로 받는
순수한 지혜를 주소서

은혜를 공로로 알고
사랑을 당연시 하는
어리석음에서 벗어나게 하소서

만남이 행복되고
대화가 기쁨이 되고
생명수 넘치는 삶 되게 하소서

따스한 바람

산 넘어 따스한 바람
봄을 안고 오니

하늘 태양 씽긋 웃음 짓고
잠자던 산과 들 파란 옷 길쌈하고
들녘의 꽃들 합창한다

개나리 진달래 목련 벚꽃
잎 없이 조급히 꽃 피우다
열매 때 잊었구나

엄동설한 벗어난 기쁨
봄을 맞는 즐거움
벌 나비 춤추고
산새들 왁자지껄한 계절
아지랑이 핀 희망 노래한다

산새들이 노래하니

작사 권태진 / 작곡 문성모

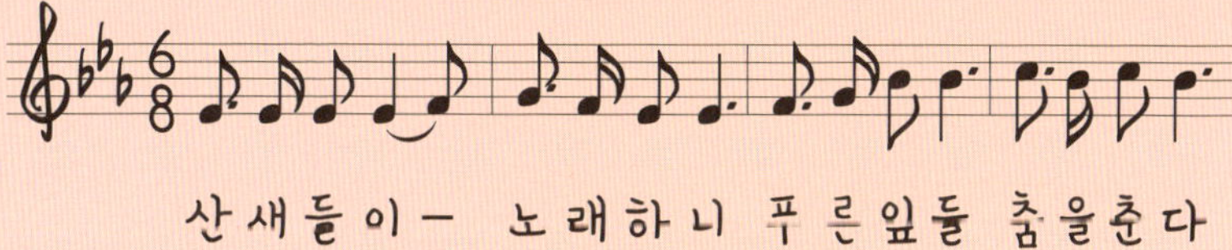

찬송 바로 듣기

해를 먹은 웅덩이

산중턱 인조 웅덩이
해를 먹고 하늘 안고
나무들 거꾸로 심겼다

웅덩이가 먹은 해
하늘에 머물고

웅덩이에 안겼던 구름
흘러간다

산오리의 날갯짓 머물고
양치는 목자 따르는
그림자 길어지니
동서남북 방향 정하는 해
웅덩이 빠져 나오고
그림자도 따른다

하늘 공간 매달린 햇빛 속
푸른 잔디를 걷는다

아름다운 태양

아름다운 태양에 반응하는 자
살아있는 자다

밤하늘에 달과 별에 반응하는 자
깨어있는 자다

조물주의 신비함을 노래하는 자
영혼이 살아있는 자다

배고픔과 배부름에 반응하는 자
살아있는 자다

일어나라 걸어라 뛰어라
저 하늘 영원한 삶 기대하라

십자가 오솔길도 대로처럼
평안하게 즐거웁게 걸어라

한송이 꽃

한송이 꽃을 본다
겨울동안 뿌리가 품은 소원
한송이 꽃 되어
벌 나비 춤추게 한다

한송이 꽃을 피우기 위해
하늘의 태양 사랑 흘리우고
땅 밑 흐르는 물 음시 되었구나

한송이 꽃을 피우기 위해 임한
사랑과 헌신 보듯

성공, 좋은 환경 누릴 때
수고한 이들 함께 누리고
감사로 예배하고 찬양하라

영원을 위한 고난 길
함께 누리어라

물가의 나무

주님의 은혜 입어
물가에 심기운 나무 되었어요

더위도 걱정 없고
가뭄은 열매의 단맛 더하니
감사해요

여호와를 알고
보낸 예수님 믿는 복 받아
고난의 삶 누려요

감사 맘 쏟아 찬양하고
사랑 담아 섬기며
행복 심령천국 이루고
천국 소망 영원을 노래합니다

나

하늘에 흐르는 구름
땅을 덮은 정오의 햇빛

흐르는 해가 만든 내 그림자
나를 흉내내며 따라온다

내가 눈 감으면
하늘도 땅도 없다

모든 것이 나로 시작된다
천하를 얻고 천천의 시 만만의 지혜를 말한들
내가 없으면 의미가 없다

질그릇에 깨어지면
담긴 물 흔적 없듯이

인간이 가진 모든 것도
이와 같으리라

강가의 조약돌

강가의 조약돌 되어
철따라 임하는
자연의 호흡에 순응한다

믿음의 사람 다윗의 손
나를 선택하고
물매의 무기로 써주시니
양들을 보호하는 전사
나날이 보람 자부심 더한다

나약한 나
다윗의 호주머니 안겨
택자 저주하는 골리앗 맞서니
투구 갑옷 피해 이마 명중시켜
승리했구나

힘없는 조약돌
하나님의 사람 손에 들리니
칼과 창도 무색케 하는 권세 되는구나

강가에 조약돌처럼

작사 권태진 / 작곡 문성모

찬송 바로 듣기

수리산 나무들이

수리산 나무들이
비 맞으며 좋아하는 것 본다

수리산 나무들이
바람 장단 맞추어 춤추는 것 본다

수리산 나무들이
단풍 옷 갈아입고 놀다
옷 벗고 겨울 맞아
고난 통해 인내로 나이테 만드는 것 본다

수리산 나무들이
앙상한 몸에 하얀 눈옷 입는 것 본다

겨울이 잉태한 봄
개나리 진달래 목련 꽃잎 날리면
나무들의 옷으로 태어난다

수리산 나무들이
꿈에서 행복을 노래함 듣는다

울산 바위와 소나무

사랑과 공의의 하나님
행한 대로 보응받고
심는 대로 거두는
공평함 이루신 주

선택, 순종, 자유의지 따라
하늘 태양만큼 공평하게
선과 악 비추니
낮과 밤 차별 없이
빛 내리운다

부지런한 농부 밭 곡식이 익어가고
게으른 농부 밭 잡초가 늙어간다

산 나무 춤추고
설악산 울산바위
말없이 자리 지킨다

계절마다 다른 표적
보는 이 또 오도록
매력 풍기는구나

암석 틈 소나무
모질게 자리잡은 송암의 조화
전능자의 사랑 느끼게 하는구나

잠의 외출

지난 밤 잠이 외출하고
크고 작은 생각
훼방이 놀다가니
새벽녘에야 잠이 들어오는구나

오늘따라 일정 많은데
왜 지금 왔느냐고 책망하고 싶으나
밤새 훼방이 주고 간 시심과 계획과 지혜
곧 나의 친구

육체는 피곤하나
내 마음과 열정은
동녘의 해 기쁨으로 맞는다

잠아!
내일 밤은 함께 하자
전능자가 주신 밤은 너의 세계니까

육체는 피곤하나
내 마음과 열정은
동녘의 해 기쁨으로 맞는다

전능자여
비가 되게 하시려면
오월 초 내리는 봄비 되게 하소서

오월의 비 되게 하소서

아침부터 봄비 내린다
며칠 전 비는 벚꽃 피우더니
오늘은 철쭉 지게 하고
초목은 파란 옷 입히며
농부를 밭으로 불러 파종하게 한다

하늘에서 내리는
봄비 장맛비 가을비 겨울비
계절 따라 땅에 미치는 영향력 다르다

조용히 베란다 창문에 기대어
유리창 밖 구슬처럼 맺힌 빗방울 사이로
저 멀리 수리산 자락
나무들의 웃음소리 들으며

전능자여,
비가 되게 하시려면
오월 초 내리는
봄비 되게 하소서
기도한다

장맛비

번쩍한 빛 하늘 공간 가르고
천둥이 울려대니
폭우가 검은 아스팔트를
개울로 만든다

지대 낮은 집 침수되고
지하실 물 가득
생명까지 앗아가는구나

푸른 산 화마로 죽어갈 때
애타도록 기다린 비

화마의 길목 막아서는
가뭄에 단비 환영받으나

환영받지 못하는 장맛비
하늘의 뜻이라 믿어져
순응하며 극복할 수밖에

힌남노 태풍

이름도 생소한 태풍
눈을 부릅뜨고 제주 지나
부산 향해 달려온다

바닷물 몸부림치고
큰 배들 항구로 모이고
작은 배들 육지까지 올라왔구나

하늘은 비를
공기는 바람을
바다는 광란의 춤 추니
육지의 나무 부러지고 뽑힌다

낮은 곳은 침수되어
고통을 호소한다

조물주 앞 나약한 인간
바벨탑 쌓는 모습 보여
겸손한 맘 기도 손 모은다

믿음의 기도 씨앗

높은 산이 골도 깊다
고통을 경험할 때
영적 성장 경지에 이른다

십자가 죽음 피하면
부활의 영광도 피하는 법
고난과 좌절 극복할 때
더 높은 희망
더 깊은 자족 주신다

홍해와 사자굴
보호와 심판 체험하는 곳
당신 안에 믿음의 기도 씨앗 품고
기적을 보라

절망 근심 연약아 와라
나는 천국의 누림 확신하며
엘리야의 길 따라
희망 속 범사에 감사한다

구속의 길

의인이 죄인의 길 가니
죄인이 의인의 길 간다

아픔과 죽음의 길 치료해
부활의 길 가게 하시려 흘린 보혈
누구도 대신할 수 없다

은혜만 입고 사는 자
만입이 있어도
찬양과 감사만 호흡이구나

하루

소리도
말도
노크도 없이

창문 타고 들어온 햇살
소리없는 기상 나팔
눈에 대고 분다

밖에 나가 볼일 보니

서산의 저녁노을
구름의 배웅 받고
조용히 가는구나

글쟁이 책상

글쟁이 책상
죽은 볼펜이 뒹굴고
미완성 글들
울며 널브러져 있다

하루도
깨끗함 없는 곳
내일은
무엇이 태어날까?

보람을 선물로 받고

2023년 7월의 어느 날,
지역마다 물 폭탄이라 불릴 만큼 많은 비 왔다
예천군 감천면에 무서운 산사태 났다
TV로 보고 마음이 동해 달려갔다
큰 피해입은 곳에 대통령도 다녀가고
복구 장비도 왔단다
난 물었다 혹 소외된 피해 현장은 없는지
알려지지 않은 현장이 있다는
동사무소 직원의 말 듣고
앞서 가보니 도움이 절실한 동네다
수돗물, 전기 모두 끊어지고 비는 그치지 않아
주민들 노인정으로 모여들 때
성민원 사랑의 밥차 다음 날 아침에 파견
일주일 봉사하고 비가 그치니 회복이 시작되었다
섬김의 장소로 파견된 봉사단 76명
모두가 보람을 선물로 받고 환하게 웃는다

모두가 보람을 선물로 받고

환하게 웃는다

행복하라 나여
하나님의 은혜 임한다
자자손손 기쁨의 길
십자가로 열리리라

감사로 호흡하라

한 알의 밀알
땅 속에 썩어간다

썩는 슬픔보다
싹 틔우는 기쁨이
어둠을 빛으로
썩음을 생명으로 토해낸다

행복하라 나여,
하나님의 은혜 임한다

자자손손 기쁨의 길
십자가로 열리리라

천국 낙원 누림의 예정됨 믿으니
범사에 감사로 호흡하노라

수리산의 사계절

수리산 낙엽
붉은 산 불태운다

나 감사하게도
수리산 밑 아파트에 둥지 트니

눈뜨면 펼쳐지는 수리산
봄을 알리고

여름 지나
화려한 단풍 바람 우리 집 휘어 감고

겨울엔 하얀 눈 소복 입은 나무
손 내밀며 거리의 사람 반기니

수리산의 자태
기쁨을 주고
잠자던 시심 깨우는구나

감알

눈서리 찬바람
계절의 강 건너
따스한 봄의 태양
마당가 심기운 감나무 찾으니

뿌리에 잉태한 빨간 감
계절의 시간
잎 줄기 가지 타고 흘러

늦가을 초겨울 불철주야
까치 밥 주고
할매의 족대 속 누워 기쁨준다

잎들 바람결 날리우고
감알들 망태 들어가 냉한 곳 머물다
겨울 밤 출출한 배 달래는 사명 감당하니
농부 사랑받는 감나무 되었구나

낙엽

바람결에
조용히 내려앉아
앙상한 나뭇가지 바라보며

지난날의 추억
온몸 녹일 만큼 행복했노라며
뿌리를 향한다

눈꽃 지는 날

지난 밤 내린 눈
하얀 소복 나무들

동녘 하늘
웃고 일어난 아침 해
빛 사랑의 속삭임
나무들 감동하여

하얀 옷 벗고
알몸 드러내며
소복 양분 삼아
파란 새봄의 옷 길쌈하겠구나

사랑 있으면
벗어도 부끄럼 없음은
눈꽃 지는 날 체험하노라

소리없이

소리없이
가는 세월의 물길

이마엔 주름
정원의 애목
고목이 되나

세월 끝자락 핀
천국 꽃 시들지 않네

꿈속 길 공간
불빛 좋아라

마음의 미소는
황무지 장미
꽃피운 향기

나무 십자가 내음
기도의 향기로 피어 오른다

새벽 안개 이슬같은

작사 권태진 / 작곡 문성모

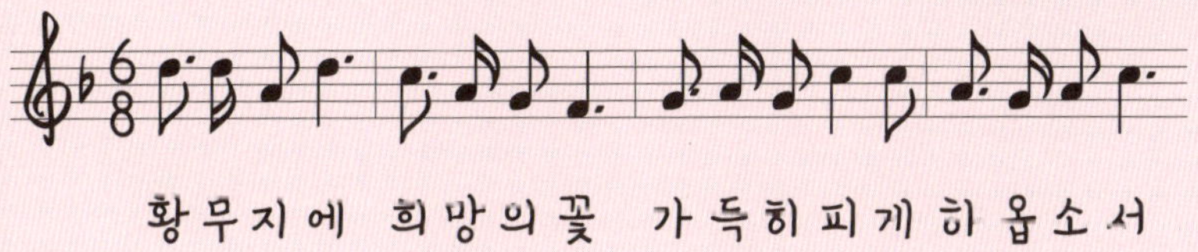

찬송 바로 듣기

대비하라

어릴 때 듣던 새소리
산에서조차 들리지 않는다

온 동리 아이들의
웃음 소리 울음 소리
점점 줄어든다

아이들은 입으로 울고
젊은이들은 눈으로 울고
부모가 되면 가슴으로 울고
노년이 되면 온몸으로 울다
뒷목잡고 쓰러진다

짧은 인생
변화를 경험하며
영원한 길 찾고
밤을 준비해야 지혜롭다

봄에는 가을을 생각하고
살아가며 천국을 생각하라

지혜의 길

전능자가 일러준
지혜의 길

으뜸이 되는 누림은
종의 길에 열리고

축복은
베풀 때 이루어지고

추수의 기쁨은
심는 수고로 맞이한다

높아지길 원하면
겸손히 섬김의 길을
즐거워하며 누리어라

시련은 복

바람아 불어오라
뿌리를 깊게 하리라

비야 오라
창수야 나라
반석 위 건축된 집의
견고함 보이리라

가뭄아 더위야 와라
물가에 심기운 나무 되어
열매의 단맛을 더하리라

십자가의 형틀 위
부활의 영광을 보는
은혜를 얻으리라

화선지

펄펄
눈이 춤추듯 내려 앉는다

하얀 눈
이날을 기다렸나보다

눈은 한 장의 화선지
나무들은 신비한 산수화

보는 이의 마음
감동의 잔상 너울진다

산악 속 버려져
발길에 치이던 나뭇가지
주워 다듬고 사랑하고 손때 묻혀
양 치는데 함께 했는데

주님 던지라 하여 던졌더니
뱀이 되어 물려 하네

모세가 뱀 꼬리 잡으니
능력의 지팡이 되었네

진리를 체험한 모세
누가 감당하나

전능자의 능력 아는 지혜
하늘의 은총

저 하늘 공간 너머
가슴 통해 보여지니
고난이 희망의 불씨 된다

고백

내가 약해도
당신은 강했습니다

내가 흔들릴 때도
당신은 든든히 잡아주었습니다

내가 잘 때도
당신은 졸지도 주무시지도 않고
사랑으로 지켜주었습니다

항상 큰 사랑으로 용서하시고
풀잎처럼 약한 나를 아시고
좌절할 때마다 굳게 잡아주었습니다

당신을 생각할 때마다
감사의 눈물 흘립니다
당신은 나의 생명과 능력입니다

고 백

작사 권태진 / 작곡 이권희

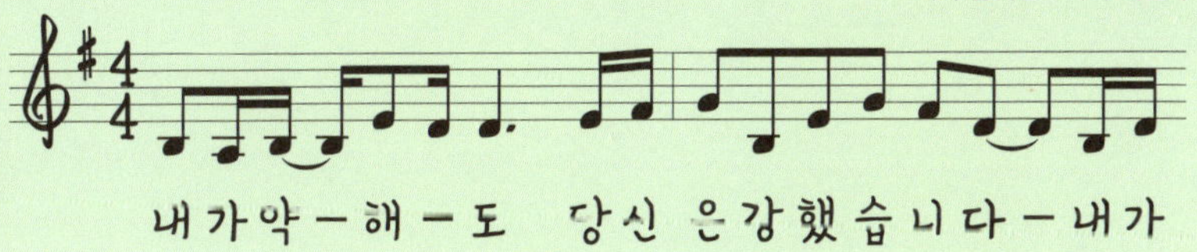

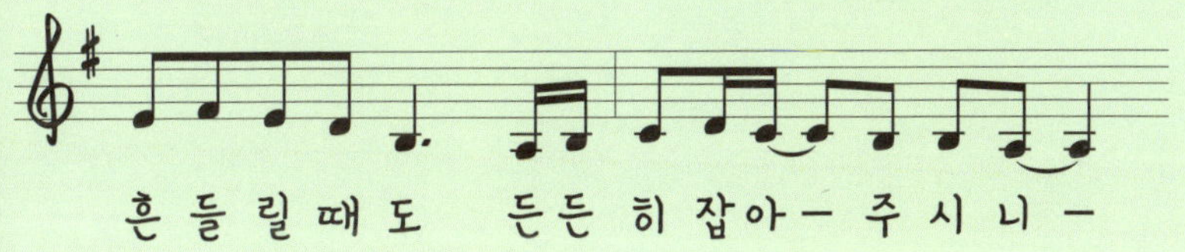

찬송 바로 듣기

나의 스승

목회 초기
박윤선 박사님의 말씀

목사는 성경에 "예"만 하는 것이야
기도는 깊이 길게 하고
환경에 지배받지 마

카랑카랑한 음성
가슴에 배어들어
반세기 내 마음 길 흐르는
돌개천 되었다

다윗과 골리앗

전능자는
목동 다윗의 능력 알리려

골리앗
손에는 창칼 들고 투구 갑옷 무장하고
입에는 피조물의 어리석음 토하며
택한 백성 조롱할 때

믿음 권세 물매로 무장한 다윗
싸움에서 승리하니

골리앗 자신이 들고 온 칼에 목이 잘리고
다윗의 이름 온 나라 들썩인다

왕보다 위대한 다윗
시기 받아 어려워도
왕의 수업 시작하니
시와 찬미가 흘러 나오는구나

낙원의 누림

지난밤 비가 왔다
도로 위 낙엽
긴장 풀고 누워있다

어제만 해도
솔바람 길손의 발 끝에
반응했는데

빗물 먹은 낙엽
청소부의 빗자루도
비웃고 누워있구나

인생의 노년
누가 물 묻은 낙엽이라 했는데

변화를 두려워하나
동녘의 해 뜨면 회복하듯
좁은 낙원의 길 가는
영혼의 누림 소망한다

한송이 꽃 되기까지

설산의 경직된 맘
봄 햇빛에 마음 열고

뿌리에 잉태한 이름
한송이 꽃봉오리 출산한다

벌 나비 찾아 어루만지고
아이들 꽃이라 불러주니
진정 꽃이 된다

숨어서 수고하는 뿌리
칭찬 없어도 묵묵히 서 있는 줄기
솔바람에도 중심없이 흔들리는 잎

꽃과 열매는 모두의 합작품
더불어 사는 인생의 큰 스승

꽃이 된 너의 오늘이 있기까지
헌신한 이들의 수고 기억하고
영광을 나누어라

꽃과 열매는 모두의 합작품

더불어 사는 인생의 큰 스승

어둠 속 별빛 반짝이는 밤엔
달빛 흐르는 공간에
내 마음 연다

아름답다

아름답다
눈 내리는 하늘 아름답고
눈 덮인 들녘 아름답다

탁 트인 하늘 공간
낮엔 빛이 지배하고
어둠 속 별빛 반짝이는 밤엔
달빛 흐르는 공간에
내 마음 연다

혼잡한 땅
왁자지껄 소리 별의별 소음
다양한 사건 생명력 더하고
삶의 목적 깨우친다

저 하늘 공간 내리는 눈가루 보며
천국의 영원 향해 오직 믿음으로
세속의 마음 비운 뒤
진리로 채운다

2장

사랑을
심으며

축복하노라

새해는 새 마음 통해
새날로 다가오고

새 마음
십자가 사랑 나무 위에
성령의 은혜 바람
희망의 꽃 만개한다

해 위의 삶
진리 좁은 길 당신 앞 열렸구나

행복한 너여, 빛 사랑 통로 되어
새해도 행복 가득
복된 길 가기를 축복하노라

사랑의 주님,
복된 소식으로 영원의 길 인도하고
거듭 거듭 전능자의 심령으로
사랑 은혜 소식 전하는
새해 되게 하소서

사랑의 세계

가정에
아이가 태어나니
여자의 맘 어머니 맘 되고
남자의 맘 아버지 맘 된다

부모의 옥토밭 마음
자녀들의 낙원 되고
어머니의 세계
아버지의 왕국 되니
세속의 비바람 눈서리도
허물지 못한다

부모의 밭에 자라는 사랑의 세계
조물주가 주신
은혜의 동산이구나

탄생의 기쁨

아이가 어른 되고
자녀가 부모 되는 인생길에

만남과 이별
울고 웃는 생사고락 골짝에
생로병사의 겨울이 흐른다

태어남은 고난의 시작이라
행복의 신기루 잡고프나
점점 멀리 가는구나

골고다 십자가 위
생명의 보혈 접하니
고난은 영광 되고
탄생이 기쁨과 축복 되어
가정의 달 오월
감사의 찬양 올린다

어머니

생각만 해도 눈물이 납니다
하루하루를 견디기 힘들어하시는
어머니를 보면서도 그 앞에서 꿈을 말했고
떠날 준비 하시는 모습을 보면서도
난 내 일에 미쳐있었습니다

힘들게 키운 아들
감사 대신 당연시하는 자세
그때는 불효인 줄 몰랐는데
나이 들어 부모 되어보니
죄 중에 죄였습니다

남에겐 작은 도움도 고맙다 했는데
생애를 바친 어머니께는
고마움의 표현이 참 인색했어요

한 마디의 책망에 서러움 토로하고
사랑과 헌신에 감사 자리 잡지 못하는
세속의 가치관에 오염된 나를 용서하소서

어머니를 생각합니다

작사 권태진 / 작곡 문성모

삼각산의 기도

조용하고 순전한 아내
현숙한 여인
하나님이 주신 선물

무일푼 신학생 만나 뒷바라지 하다
몸 아파 회사 퇴사하고
마지막 남은 문간방 셋돈
진부 한양대 병원에 주고

퇴원 후 신혼의 꿈 대신
삼각산 기도원 40일의 기도

남매처럼 다정한 모습
아내의 볼록한 배로
부부인 것 탄로나고

성령의 은혜 입어
개척의 사명 길 올랐다

싸늘한 시선

여보!
당신을 아끼는 안 집사
"권 집사 말 믿지마 허풍이야"

이사 오는 날
순진한 당신 불쌍하다고
울면서 배웅한 세광교회 집사들 생각나지

한 번도 와보지 않은 시흥군 남면 당리
논에 집을 지어서
아궁이에 물 나는
십만 원에 이만 원 월셋집

천막 바람에 휘날리고
고양이 똥 싸놓고 대문도 없는 예배당

동리 사람들
싸늘한 시선도 이긴 당신
사랑합니다

고난과 수고의 추억

당신 만남으로
하나님께 은혜 입어
선지 동산 훈련하고
목양 현장 동행하며

성령님의 감동 따라
하나님께 예배하며
성도들도 동행하며
사랑하며 살다 보니

45년 목양 사역 수일 같고
70년 지난날은 석달 같다

사랑 알고 철들 때쯤
떠날 날 준비하는 인생 허무하나

영혼의 안식처 있음 믿으니
고난과 수고의 추억이
감사로 살아난다

더 가까이

단둘이 온 군포
교사 없을 때
이웃 교회 권찰
교사 지원해 감사했는데

동리 아이들 모여들고
본 교회로 돌아가니
아이들도 따라갔다네

이웃 교회 권찰이 준
라면 한 그릇 대접받았는데
그 교회 부교역자는
족보 모르는 자 대접했다고
야단했다네

나의 그림자처럼 동행한 아내
모든 것 감내한 그는
분명 현숙한 여인

긴 세월 함께한 아내의 연약
나의 연약으로 받으니

부부의 동행길
아무도 대신할 수 없음 알아
더 가까이 간다

목양일념의 열매

사랑할 땐 몰라도
지나면 그것이 사랑이고 행복임 알듯
당신의 헌신과 사랑 크고 고귀했어요

당연시하고 지내왔는데
이젠 서로 나이가 드니
더욱 소중하게 느껴지네요

당신과 나 그리했듯이
성도들도 사랑과 보살핌 당연한 줄 알다가
이제 조금씩 깨닫는 듯 하네요

최선을 다한 목양일념
주님 기억해
오늘의 복 주셨어요

여보! 건강해요
사랑합니다
지금부터 새로운 인생
일흔부터 시작합시다

에덴의 복 누리어라

작사 권태진 / 작곡 문성모

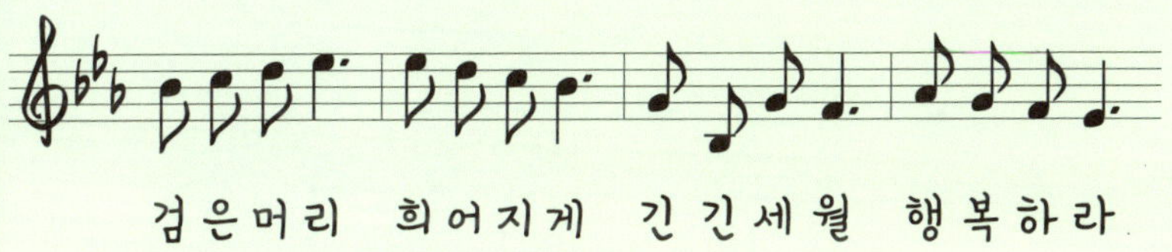

소중한 가족

시작은 끝으로 가고
태어나면 죽으러 간다

만남과 헤어짐 생사의 갈림길
돌개천 물길의 추억
십자가 지고 온 목양 46년
당신과 결혼하여 함께해서
오늘이 있어요

누구나 현숙한 여인을 만나야
집이 세워지고 행복한데
나의 삶과 목양은
전적인 전능자의 은혜요
온 가족들 밑알의 삶이
신령한 가족 모두의 행복이었지

다윗의 물맷돌 모세의 지팡이
다니엘의 사자굴 예수님의 십자가도
모두 유익임을 알게 될 것이에요
눈물로 사랑합니다

사랑의 눈

개구리 생태공원
거위 두 마리
다정하게 다가온다

꽉꽉 소리내며
우리 손자 잘난 것 보러온다

사랑의 눈엔
모두가
행복해 보이는구나

모성의 힘

가냘프고 날씬한 몸매
하이힐에 쫄바지 멋쟁이 여 청년
사랑하는 남자 만나 꽃처럼 피어나니

색동천 사뿐히 밟고 결혼식장 나와
이젠 여자보다 아내가 되었다

귀한 생명 찾아와
입덧 지나 만삭이 되어 뒤뚱대다
해산의 수고 통해 어머니로 바뀌었다

가냘프고 연약한 여자 아닌 강한 어머니
모성애의 힘

초자연적 인내와 기다림
작은 거인의 위대함을 느끼며
어버이주일 맞는다

한 다발의 꽃 드리며

산은 단풍 물들고
아침 저녁 쌀쌀한 냉기가
옷깃에 숨어든다

밭둑의 감나무 열매 보일 때쯤
분주함에 묻혀있던
어머니 향한 그리움 살아난다

고향이 집보다 가까운 거리
친구들과 운동하고 점심 먹고

보고픈 부모님 산소 향하는 길
문경시 꽃집 찾아가
부모님 묘소에 정성스레
한 다발의 꽃을 드리러 간다

무성한 들풀
묘소 가까이 침투한 아카시아 나무

자주 찾아뵙지 못한 미안함
가슴으로 용서 빌고

청춘에 헤어졌으나
지금은 쌍묘로 나란히 계신 부모님께
한 다발의 꽃 드리며

먼 훗날 나의 모습 보는듯해
인간의 육과 영혼의 세계를 생각하며
그리운 가슴 안고
부모님 산소를 떠난다

아름다운 세상에서

동녘의 해
어제도 오늘도 떠올랐고
내일도 떠오르겠지

서쪽 하늘 노을 속으로
어제도 오늘도 내일도 잠들겠지

그러나 인간은
한 번 가면 돌아올 수 없구나

봄에 간 친구
여름에 간 친구
내년 새봄 여름에 올 수 없지

친구야
넌 내게 올 수 없으나
난 세월 타고 너에게 가고 있다
저 아름다운 세상에서 만나자

저 영혼을 보소서

주여!
저 흉흉한 바다에 던져져
스올의 뱃속
몸부림치는 영혼을 보소서

분초도 안식 없는
어둠 속 삶

사랑에 고통받고
믿음에 분노하는
흑암의 늪에 빠진 이의
신음소리

붉은 보혈
사랑의 강수 흘러
안식과 영생 속
평안히 잠들게 하소서

채우소서

불신의 마음에 믿음을
미움의 그릇에 사랑을
절망의 환경에 소망을
인생의 주인 주님만이
하실 수 있어요

상처와 미움 치유하여 주소서
강퍅한 마음에 부드러움 주소서
어둔 환경 빛으로 인도하여 주소서
사람의 늪에서 십자가 바라보아
평안의 능력 입게 하소서

채우소서

작사 권태진 / 작곡 이권희

찬송 바로 듣기

다함 없는 사랑

저 태양은
밤도 없고 낮도 없고
밝음만 있으나

지구는 밤낮 있고
선악이 공존하는구나

태양 이상 밝은 공의
다함 없는 진한 사랑

사랑이 사망 삼키고
죄인이 의인 길로
은혜로 믿음 선물 받아 가는 길

나의 길동무
보배요 면류관인
소중한 택자들
영원한 누림 있구나

참된 아비

목회를 시작하여
영혼의 소중함 알고
해산의 고통 경험할 때

자신 중심의 삶
스승의 모습 지나
아비처럼 자녀 위해
한 알의 밀알을 각오했다

참된 아비는
자녀에게 필요를 채근하지 않고
그를 위한 일 먼저 생각한다

아비 없으면
보호자 없는 아이와 같으니

약한 틈을 타
육신의 삶 전부로 아는 진화론자
약육강식의 사고 울타리 넘으니
양들의 비명 온 산을 울리는구나

아비가 있는 곳
보호와 평안이 있음을 믿으라

바쁘신가요

바쁘신가요
언제 끝날까요
바쁨에 매임보다
중요한 일부터 먼저해요
바빠도 식사는 하고
힘들어도 호흡은 해야지요

백세 시대
백세 점점 가까워지는데
어디로 가고 있나요

내일 일도 모르는데
믿음으로 가는 나라
천국 관심 없다는 당신

당신은 천하보다 귀한 존재
교회 나오시면
행복이 무엇인지 알 수 있어요

당신은
천하보다 귀한 존재
교회 나오시면
행복이 무엇인지 알 수 있어요

철따라 아름답게 변하는 자태
자녀 품은 어머니의 마음 같구나

바위와 소나무

설악산 올라 바위 앉는다
탁 트인 계곡 따라
동해서 불어오는 바람 따라
신부의 하얀 면사포 같은 해무
돌산 휘어 감는다

철 따라 아름답게 변하는 자태
지녀 품은 어머니의 마음 같구나

세월의 흐름
인고의 시간 지나
바위산 뿌리내린 솔바위

송암(松巖)의 조화
그 신비 닮고자
나 송암이라 하노라

눈물의 이유

난 매일 눈물 흘립니다

눈물의 진액 속엔
감사 있고
마음먹은 대로 되지 않는
나의 약함
선을 알면서도 행치 못한
안타까움 있어요

밤이면 살아온 날
꿈꾸는 듯했던 삶 깨어
꿈속에서 희미하게 생생하게
만남과 헤어짐
희로애락의 추억
활동사진처럼 지나가요

앞으로 남은 날
빙산 위건만 바위인 줄 알고
기초 없이 모래 위 집 짓는 이들 보며

노인의 교훈 외면한
솔로몬의 아들
르호보암을 보는 듯해

또 한 번 눈물을 흘리며
사랑이 눈물 되고 아픔 되는
아비 마음을 느낍니다

참 평안

새벽안개 너머
태양이 일어난다

수리산 나무들도
일어나 햇살을 반긴다

열린 공간 까치 한 마리
휘젓고 다니다
베란다 난간 앉아 인사한다

오늘은 주일 아침
성도들 만날 설레임
설교의 부담도
온전한 양식
진리의 말씀 있으니

나 자신 부인하고 전하면
성령님 일하심 믿어
참 평안 안고 예배당 간다

성령님 일하심 믿어
참 평안 안고 예배당 간다

한 알의 밀알의 삶
헌신이 누림되는 진리 깨닫고
분초를 아끼며 달려가노라

아침식사

계란 두 개
파워 칵테일 주스
발사믹 올리브오일 샐러드
사과 한 쪽
방울토마토 다섯 개
우렁각시 죽

아내의 정성이 있어
먹는 힘으로 산다는
인생의 가을
활기찬 하루를 시작한다

배워서 남주는 지식
한 알의 밀알의 삶
헌신이 누림되는 진리 깨닫고
분초를 아끼며 달려가노라

사랑만 흘려보내리라

나이가 들면
노욕이 생긴다는데
영혼 사랑의 열정도
혹 노욕 아닌가

미련도 기대도 미움도 없이
마냥 사랑하고 잘해주고픈 마음

분명 짝사랑인 걸 알면서
망설임도 계산도 없이
손자 손녀 사랑하는
할아버지 마음 같으니

노년의 목회
훈련병은 없고
아이들만 있는 듯하나
성령이 훈련하심 알고
사랑만 흘려보내리라

주님의 사랑만이

살아온 날 뒤돌아 보니
주님께 업혀온 길
내 발자국 하나 없고
주님의 사랑만이
온몸에 남았어요

그 큰 사랑 깨달으니
십자가 길 영광의 삶
감사하며 찬양해요

하나밖에 없는 생명
영원하신 구원의 길
남은 생애 제물 되어
기쁨으로 드립니다

사랑해요

사랑해요 당신만을
캄캄한 밤 달빛 되고
외로울 때 친구 되어
은하수의 사연에도
변함없는 당신 사랑

좁은 길도 넓게 가고
고난의 길 동행하는
변함없는 당신 사랑
소중함을 알았어요

할렐루야 사랑 능력
믿음 소망 마음 품고
거룩한 영 열매 통해
참사랑을 알았어요

사랑해요 당신만을
십자가길 따라가요

사랑의 하나님 아버지를

작사 권태진 / 작곡 문성모

찬송 바로 듣기

꿈의 열차를 타고 간다

청춘을 바친 나의 목회 길 46년
곱게 핀 백합꽃밭 그 향에 취해 거닐며
형체도 소리도 없이 다가오는 내음
지친 육체의 양약 되니

눈서리에 맺힌 눈물
콧등 볼 사잇길로 흘러내린다

주님은 가벼운 십자가라지만
무거움 느낀 내 마음
진리로 치료되니

압력밥솥의 밥처럼
나의 인생 익어가며
꿈의 열차를 타고 간다

나의 기도

예수님 보혈이 믿는 모두를 살리시듯
이 종의 헌신과 사역으로
온 성도들이 행복하고 구원을 얻고
모든 죄와 병을 이기게 하옵소서

이 종 교회와 나라를 살리는
헌신의 제물 되게 하옵소서

예수님의 피를 팔아먹는 자가 아니라
그 피와 함께 제물 되어
민족과 세계를 살리게 하옵소서

아버지여!
아버지가 흘리는 땀
자신만을 위한 것이 아니라
온 가족을 윤택하게 하는 땀이 되오니

주의 종의 땀과 눈물
온 성도들의 영혼과 육체에
생명의 양식을 주는 은혜가 있게 하소서

이 종을 제물로 삼아
갈멜산 엘리야 제단의 송아지 되어
이 민족에게 하나님 살아계심을
알리게 하옵소서

애국가는 눈물의 호흡

허공 따라 흐르는 세월의 흔적 얼굴에 남기고
월남 전쟁 길에 흘린 피 폭풍우에 쓸려가니

현충원 비석 빛바래고
때마다 찾던 어머니와 아내와 자녀들
발길도 끊겼구나

전우야! 넌 군인으로서
자유대한민국에 큰 유익 주었다
너희들 희생 통해
오늘의 자유 경제 부국 되었다

청년의 때 함께한 전우야!
노병이 되어 걸어온 길 되돌아보니
옥토같은 마음에 박힌 사상의 암초
노병의 아픔되어 가슴으로 울게 한다

낙원의 영광 있기에 중보의 기도 드리고
행복을 노래하며
만날 날 향해 조용히 걸어간다

너희들 희생 통해
오늘의 자유 경제 부국 되었다

낙원 불변의 진리 영원하니
오늘도 희망을 말하며
세상과 소리없는 전쟁을 하노라

소리없는 전쟁

에덴 기도원 산 중턱에
40대 목사의 다짐과 서원
부르짖음 응답되어
70대까지 목회자로 살았고

예배당 세우고
신령한 가족들 행복한 예배와 찬양 속
깊어가는 영혼 익이기는 육체
이별의 시간 다가온다

옛 추억 그리워 에덴 기도원 찾으니
개발에 밀려 흔적 없이 사라지고
산 중턱 기도 바위도 옛 모습을 지웠구나

인간은 물처럼 흘러가고 산들도 변해가니
이 땅엔 마음 둘 곳 없으나

저 낙원 불변의 진리는 영원하니
오늘도 희망을 말하며
세상과 소리 없는 전쟁을 하노라

하소서

빛을 더하소서
소금을 더하소서

어둠은 빛을 요구하고
썩음은 소금을 갈망합니다

어둠엔 빛으로 싸우고
썩음엔 소금으로 싸우고

의를 박해하면
기쁨으로 저항하고
즐거움으로 공격합니다

미움을 사랑으로
거짓을 진실로
세속은 영원하신 불변의 진리와
성령의 충만으로 싸우게 하소서

임하소서 성령의 바람

작사 권태진 / 작곡 조아름

찬송 바로 듣기

기쁨의 샘

내 기쁨의 샘의 근원
즐거움의 씨 되신 주
구원의 옷을 입힌
여호와를 찬양하라

공의로 옷 입히고
신랑 신부 단장한 아름다운 보석
화려하고 찬란하다

땅이 싹을 틔우고
뿌린 씨 움돋게 하니
즐거웁고 감사하다

아름답고 거룩한 공의의 동산
정의 사랑 숨쉬니
공의의 찬송
온 나라 울러퍼진다

구원의 은총, 영원한 영광
찬양이 호흡되는구나

／ 3장 ／

행복을
꽃피우며

행복의 시작

감사하는 자가
감사하는 환경 만들고

사랑하는 자가
사랑의 메아리 맛보고

행복을 꿈꾸는 자가
행복한 삶 주인 된다

상대의 변화보다
자신의 변화 이루고
최고를 꿈꾸고 만족 가져라

상대의 행복과 감동
모든 것이 나로부터 시작됨을
지혜자는 안다

나로부터

어제 창밖에서 울던 까치
오늘 아침엔 노래하고 있구나

검은 날개 흰 무늬 자랑하며
수리산 숲속을 오가며
춤추며 노래하는구나

내 마음이 우울할 때
같이 울어주고

내 마음이 즐거울 때
같이 노래하고 춤추는구나

좋고 나쁜 것
나로부터 느껴지고 보여지니

거짓된 사람
불평 불만하고
모든 것 믿지 못하는
불행한 길 가는구나

도적이 경찰 나무라고
죄인이 의인 잡는 어둔 세상

보고만 있을 수 없어
긴긴밤 전능자에게 보고한다

내가 가는 그 길에

내가 가는 길
선물 받은 은혜의 길
좁고 협해 찾는 이가 없어도
구원의 은혜 받은 이들 십자가 지고 가요

그 길은 생명 길
영원히 누릴 낙원 있어
소망 안고 걸어가요
주님 가신 길이기에 기쁨 안고 따라가요

어둠이 길 막아도
진리의 빛 인도 받아
외로우면 기도하고
즐거우면 찬송하고 박해받으면 기뻐해요

세상 견딘 나무의 흔적 나이테 만들고
고목에 핀 한 송이 꽃 열매로 익어갈 때
감사 찬송 영원 향해 걸어갑니다

내가 가는 그 길에

작사 권태진 / 작곡 이권희

찬송 바로 듣기

하루살이와 파리의 대화

파리를 만나면 얄미워
왜?
있지도 않은
내일을 말하니 말이야

하루살이 말도 맞아
하루살이는 내일이 없으니

파리 말도 맞아
내일에는 오늘보다 더 행복하고
멋진 환경에서 살 거니까

하루살이가 많으니
내일을 말하는 파리도
수난을 당할 수밖에 없지

그렇다고
하루살이 따라
오늘 죽을 수는 없잖아!

금맥을 찾아라

금맥 찾는 광부 모르게
돌산에 숨겨진
사금 있듯

어린이 속 숨겨진
생명과 능력
사랑의 눈 격려의 눈으로 채굴하라

돌과 흙 속에 감춰진 금맥
조물주가 숨겨 놓은 것 찾아내어

정금 같은 믿음 무장시켜
빛 된 삶 함께 살아가자

비를 환영한다

봄비
해빙에 흙 가슴 새싹 틔우고

꽃들의 향연
푸른 잎 불어오니
벌 나비 춤추며
사랑을 속삭인다

이 꽃 저 꽃 다니며
나무들 사이 사랑의 오작교 놓으니
서로가 좋아라

농부도 겨울의 열매 기대하며
봄비를 환영한다

지혜로운 길

생로병사의 짐 지고 가는 길
모두가 힘들어요
때로는 병들고 힘들 수 있어요
그러나 살아있으니 행복해요

사람은 조물주가 만든 최고의 걸작
영혼이 있는 소중한 존재입니다

진화 되었다면 동물처럼
식욕, 물욕, 성욕, 본능대로
보이는 것만 믿고 행하지요

하나님의 형상으로 창조된 우리
고귀하고 거룩한 인격
신앙심은 인간에게 주신 특별 은총이에요

천하보다 귀한 생명으로 살고자 하면
예수님을 구주로 믿도록 도와주는
교회로 나오세요

당신을 만난 것은
선택과 부름의 시작
탕자를 반기는 아버지 품을 찾는 것이
지혜입니다

빗물의 여정

겨울 꼬리 잡은 봄비
흙 가슴 굳은 맘 달래고
새싹 일깨우니
진달래 철쭉 웃음 준비한다

빗물 머금고 웃는 담장 밑 목련
벚꽃 가로수 아름다운 계절 지나
여름이 익어간다

장맛비 홍수
팔당댐의 수문 열리고
도시의 도로들 물청소
강물 지나 바다로 향한다
황톳물 몰려와도 푸른 품에 품는다

저 바다처럼
가슴에 품은 사랑 길쌈하며
행복을 노래하게 하소서

빗물 머금고 웃는 담장 밑 목련

벚꽃 가로수 아름다운 계절 지나

여름이 익어간다

동녘의 해 솟아오르면
햇빛 입고 하늘 나르며 합창하고
나무들은 산소내어
모두 모두 행복을 길쌈하게 하겠구나

달빛의 방문

둥근 달 울산 바위 위에 머물고
밤의 어둠 바위 숲 안고
달빛은 허공 비춘다

울산바위가 빤히 보이는
설악산 어느 객실
열린 커튼 닫힌 창문
달빛이 두드리는 소리 듣고
시심은 화답한다

울산바위 너머 계곡 옆
암자의 풍경 소리 들린다

달빛에 잠든 짐승과 새들
동녘의 해 솟아오르면
햇빛 입고 하늘 나르며 합창하고
나무들은 산소 내어
모두 모두 행복을 길쌈하게 하겠구나

영적 지도자를 찾아라

육체엔
영혼이 있고

하루엔
밤낮이 있고

건강한 나라엔
좋은 지도자와 백성이 있다

좋은 지도자 뒤엔
진리에 굳게 선
정신적 지주가 있다

다윗에겐 나단
여호수아에겐 모세
에스더에겐 모르드개가 있다

우리나라도
영적 지도자를 찾아라

선물로 받은 삶

덤으로 사는 삶 무엇을 요구하나
살아있음 감사해 분초가 행복이라

먹고 마시고 만나고 울고 웃는 모든 것
십자가 밑 흐르는 생수
갈한 목 축이는 누림
나의 호흡이라

죽은 자는 살고
산 자는 매일 죽는다

은혜의 삶
짐 아닌
시대의 빛 소금 되도록
즐겁게 살아보자

하나님의 손길

잘 되길 원하면
상대를 잘 되게 하려고 길을 찾고 노력하라

사과 열매를 원하면
사과 나무를 심고 사랑하라
때가 되면
사과를 얻으리라

영원한 부자 되길 원하면
부귀 장수를 가진 전능자에 속해
일하는 즐거움 누리고
보물을 하늘에 쌓아라

부활의 신앙 원하면
십자가의 죽음 선택하고
기적의 보호를 체험하기 원하면
믿음을 지키기 위해
사자굴로 들어가라

그리하면 하나님의 손길을 체험하리라

사과 열매를 원하면

사과나무를 심으라

전능자 함께하니
범사에 감사하며
풍성한 은혜 기다린다

평범한 지혜

좋은 나무
아름다운 열매
품성대로 표현되니

열매를 보고 나무를 알고
행함을 보고 사람을 아는
평범한 지혜
그마저도 실종된 세상
무엇이라 표현할까

숨어서 돌 던지는 사탄
그의 입, 손, 발이 된
언론과 권력

알곡은 통곡하나
전능자 함께 하니
범사에 감사하며
풍성한 은혜 기다린다

황무한 땅

반세기 소리쳐도
황무한 땅
풀 한포기 나려나
기대는 금물

흔적 없이 사라질 때
미련도 없겠구나

싸움질

천상의 몸
지상의 몸 입고

겉사람 속사람
싸움질 열받아
눈물마저 말라

행복 여유 가물고
주름살 더한다

신년의 기도

새로운 한 해 다가온다
가는 세월 보면 허무해도
오는 해 생각하니 희망이 생긴다

살아온 날도 내 날 아니었으니
살아갈 날도 내 날 아닌 주의 날

주님이여!
칠흑빛 어둠에 밝은 빛 되니
어찌 그리 대적이 많은지요

빛도 어둠도 아닌
물 따라 산 따라 물질 따르는 짐승 될 수 없으니

나 주님의 형상 닮은 자답게
겉사람과 속사람의 싸움터 된 마음에
진리의 새 빛 생명의 영 보내주소서
성령의 열매 보내주소서
주여!

밤같이 어두운 세상에

작사 권태진 / 작곡 김정은

찬송 바로 듣기

생명의 샘

생명의 샘인 주여
나의 웅덩이 물이 말라
사랑하려 노력해도
내 힘으로 불가능해

사랑의 샘이 되신 주
새 힘을 주소서

비 없는 구름처럼 허공에 머물고
솔바람에 일렁이는 나무처럼 나약하니
산 위의 바위처럼 의젓하게 하소서

주여 도우소서
주님을 바라보니
죄인 중 괴수가 틀림없어요

생명의 샘 곁에 서니
참 안식 얻습니다

봄 동산을 비춘다

봄 햇빛 산악 어루만지니

잠자던 나무들 초록의 옷 입은
밤나무 참나무 단풍나무 은행나무
봄이 오는 길 꽃가루 뿌린 벚꽃나무

개나리 진달래 목련 철쭉
소리 없는 환한 웃음
숲에서 나온 까치
눈물 없는 울음 대신 노래를 부른다

봄 동산으로 걸어가니
밤꽃 아카시아꽃 향기 코끝 묻어나고
벌들의 꿀 따는 몸부림
들녘의 농부 보는 듯하다

낙원 잃은 인간 박토에 내몰려
해산의 고통, 이마에 땀 흘린 수고의 열매
업보와 고행의 삶 나그네 설움이라

원죄 지고 가는 길 만난
한줄기 영롱한 무지개 빛

사망 속 생명을
절망 속 희망을 노래하며
봄 동산을 비춘다

때

잉태한 자
출산의 때 임한다

출생한 자
성장하여 청년의 때 다가온다

청년이여
장년, 노년은 선택 없고
때는 너의 영역이 아니란다

징년이어
노년이 오면 쇠하고 병들어
한 줌의 흙으로 간다

때에 맞는 배고픔 목마름
전능자 뜻대로

때에 맞는 열매
소복히 맺으라

여자의 태 시작한 생
십자가 길 진리 생명 속해
낙원 상급 쌓아가다

신천신지 그곳
영생복락의 때 누리어라
행복한 너여!

성전을 재건하라

전능자 능력의 손 내게 임해
수고한대로 먹게 하고
뿌린대로 거두게 하리라

풍성한 포도주잔 기쁨이 더하고
추수한 자 즐거움 가득하고

여호와 찬송하며
무너진 성전 재건하며
기쁨으로 예배하리라

시온의 의가 빛으로
구원의 횃불되어 어둠의 땅 비춘다

영광의 나라 새이름
하나님의 손 왕관을 씌운다

황무한 땅 기름진 곡창지대 되고
사막에 샘 넘쳐 흐른다

전능자 능력의 팔 원수를 제압하고
택한 백성 행복한 노래
영원한 찬송으로 피어오른다

포도주의 잔 넘치고
상급의 보응이 임할 때

구원의 주님 향한 은혜의 찬양
울려 퍼지니
여호와의 구속 은혜 온 성에 넘쳐난다

진리의 빛으로 채워보자

어둠이 지배하니 사람들이 길을 잃고 헤맨다
주님 말씀에 너희는 빛이라 하였으니

오 주님! 저 하늘의 태양 빛으로
동녘에서 일어나게 하소서
태양아! 지지 말고 중천에 머물러라
밤 되면 어둠 틈타 기생하는 촛불 없도록
성도여! 일어나 빛을 밝히라
저 하늘 태양만큼 강력한 빛 이 땅에 비추어라
성도여! 일어나 세상의 소금 되어라
썩은 지식 어둠의 사상 부패를 막으라
소돔 고모라 자청하는 음란 문화 배격하고
거룩한 사상 이 땅에 심어보자

빛이 주장하는 온 나라
왕은 빛으로 자유 행복 길쌈하게 하고
복음 통일 이루어 제사장의 나라가 되어보자

오직 영광 하나님께
온 땅 거룩한 진리의 빛으로 채워보자

성도여 일어나 빛을 발하라

작사 권태진 / 작곡 문성모

찬송 바로 듣기

하늘의 지혜 품고

아! 가을이다
봄에 뿌린 씨앗
김매고 잘 가꾼 농부
보람의 계절

씨 뿌리지 못한 게으른 농부는
후회하나 돌이킬 수 없고

행복과 불행을 좌우하는 겨울 지나
새봄을 준비하지만

한 번 지난 인생의 봄
돌아오지 않으니
봄을 알리는 전능자의
지혜의 음성 들으라

순종의 열매
만족과 영원한 행복으로 맺히니
분초를 아껴
하늘의 지혜 품고 살아가라

즐겁게 살리라

사람을 창조하시고
생육과 번성의 기능 입혀
오고가는 세월 속
나고 죽고 살아
오늘의 존재로 살아간다

흔적 없이 가는 날까지
존재를 인정하는 행복한 삶

낮이면 하늘의 태양 보고
흘러가는 구름 보고

푸른 숲들 노래하고
춤추는 모습 보며
즐겁게 살리라

내일은 내 날 아니니
한 날의 괴로움
그날에 족함 알아
무거운 짐 벗고
단잠 이루며
낙원의 씨 키우리라

희망안고 산다

한 알의 밀알 싹틔울 꿈 있어
썩어짐 감수하고

연약한 새싹 나무될 소망 품어
장마도 햇빛도 즐거웁고
열매의 희망 안고 산다

가을바람에 낙엽 지고
열매 익어 곡간 가고
텅 빈 밭 옥수숫대
흙길 돌아갈 날 셈하며
주인의 구들장 밑
온몸 녹일 때 임박해도 행복함은

따스한 새봄 맞이할
후손들의 세상
푸른 밭 상상하며
보람과 영원의 길 걸어가노라

빛 소금

개는 개소리 하고 새는 새소리 한다
형체 없어도 소리만 들어도 안다

악인은 악한 말, 악한 행동, 거짓말, 분쟁, 당파
혼란한 환경 만들고

선한 사람 진리 통해 평안함과 행복 주어
온 땅에 기쁨 가득하게 한다

열매를 보면 나무를 알고
행동과 삶을 보면 좋은 사람 보인다

주여
세상이 원하는
빛, 소금 주소서

익어가는 인생

꽃으로 피어난 생
벌 나비 꿀 따며 오작교 놓으니

흐르는 세월 속
작은 열매 태어나고 자라
봄 지나 가을에 탐스럽게 익었구나

겨울이 오기 전 곡간으로 향해야
엄동설한 고통없이 보호받고
새봄에 씨 될 텐데

"주여! 익은 인생 시간 없어요"

낙과 인생 없도록
농부의 일손 되어 줄 일꾼 보내 달라
하늘 향해 부르짖는다

바람결에 가는 세월

가을바람 불어오는데
열매는 미숙하니
여름을 잡고파도 손잡이 없고

가을바람 막고 싶으나
바람이 오는 길 알 길이 없다

동서남북 마음대로 형체 없이 떠돌다
나뭇잎 끝에 묻어난다

바람결에 가는 세월
젊음도 떠나고 늙음 오는 그 길
누가 막을소냐

꿈을 가진 그대여

꿈은 삶의 방향에 의미를 더하고
꿈은 현실을 이기는 능력

꿈을 가진 그대여
거룩한 꿈을 품자

사랑하고
섬김으로 열매 맺고
만족과 감사 넘쳐
낙원까지 이르는 거룩한 꿈

영원한 누림 위해
십자가 지어보자

여호와 힘입고
현실을 초월해 승리하는
거룩한 꿈
몸과 영혼에 품어보자

꿈을 가진 그대여

작사 권태진 / 작곡 이권희

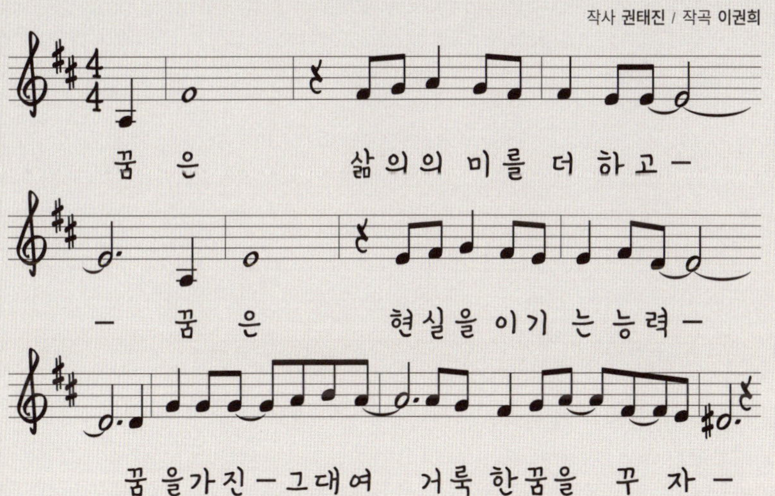

찬송 바로 듣기

즐거운 여행

나는 행복한 사람
모든 삶이 즐거운 여행이다

돌아올 집이 있으니
여행하는 동안 불편함도
아름다운 추억 되고
삶의 지혜 배운다

돌아올 집이 없으면
방랑자 노숙자 불행한 자 이닌가

돌아갈 아버지 집 있어
평안 길 떠나 고난 길
넓은 길 아닌 좁은 길도
본향 길 되니
감사와 행복이 넘치는구나

이루게 하소서

가을바람 앞서
태양 빛 받는 과수원

능금이 익어가고
들녘의 벼들은
농부의 손 기다리며
겸손히 고개 숙일 때

산악은 색색의 옷 길쌈하며
여행을 준비한다

봄 여름 가을 지나
곡간에 안식할 열매
농부의 행복의 씨 되듯
낙원의 주인님 뜻 이루게 하소서

눈이 펄펄 내린다

하얀 눈이 펄펄 내린다
땅, 나무, 강, 바다
아주 공평하게 내린다

소나무에겐 모자
앙상한 나무엔 옷
땅엔 하얀 비단길

같은 눈도
내린 곳마다 다른 모양새

교훈 남기고
흔적 없이 사라지는구나

분초를 아끼라

주님 주신 십자가 지고
질서 있는 삶
왕의 권위 도전 없이
오직 종으로
오직 영광 하나님께 돌리며
행복하게 살리라

나의 삶이 너의 유익
주의 사역에 유익 되도록
천국의 씨 심으라

열매는 전능자의 몫으로 영광 돌려
하늘의 상급 쌓는 지혜자의 삶
분초를 아끼라

오지 종으로
오지 영광
하나님께 놀리며
행복하게 살리라

좁은 길
눈물 골짜기도 인도하심은
아름답고 멋진 삶 주시려는
선물이어라

주님 주신 선물

생사의 주관자
역사의 수레바퀴를 돌리는
큰 능력의 아버지

좁은 길도
눈물 골짜기도
인도하심은
아름답고 멋진 삶을
주시려는 선물이어라

동남풍도 서북풍도
주님을 보니 훈풍이요

가시밭 돌짝밭도
주님 동행하시니
행복과 추억, 승리가 숨어 있는
은혜의 길이구나

사랑을 채워 주소서

예수여 나를 불쌍히 여기소서
내 마음에 소금 없어 상한 마음되고
내 마음에 빛이 없어 방황합니다

예수여 나를 불쌍히 여기소서
이 죄인 회개하오니 용서하옵소서

성령님의 은혜 아니면 소망 없사오니
주님 이 죄인을 불쌍히 여겨 주옵소서

성령이여 오시옵소서
이 빈 마음에 성령의 열매로
사랑을 채워주소서
믿음을 채워주소서

주 예수여
캄캄한 내 눈 열어
십자가 사랑 빛을 바라보고
기쁨으로 나아가게 하옵소서

주 예수여
나는 연약하니 새 힘을 주소서

사랑의 은혜로
처음 사랑 회복하게 하옵소서

토기장이

주여, 나는 진흙덩이니
주 뜻대로 날 빚으사
주님의 형상 닮은 자로
고매한 인격 신령한 삶으로

좁은 길을 넓게 가고
좁은 문을 기쁨으로 선택하는
성령의 감동된 마음 주옵소서

오, 사랑해요 행복해요
모든 것 님의 선물임 알아
오늘도 찬양합니다

기뻐하며 감사하며
부르신 삶 주님의 뜻대로
주님의 걸작품 되게 하옵소서

어둠 속에 헤매던

작사 권태진 / 작곡 문성모

찬송 바로 듣기

시대 속 요셉처럼

야곱의 아들 요셉
좋은 아들 요셉
강직한 종인 요셉
자상한 감옥의 총무 요셉
충성된 신하 요셉
아름다운 형제 요셉
국민에게 존경받는 총리 요셉

자녀를 사랑하고
하나님의 능력을 온전히 믿는
참된 신자 요셉은
믿는 자의 귀감

우리도 시대 속 요셉처럼
살기를 소원한다

마음 불붙는 것 같아

조롱 박해 고난 이기지 못해
전능자 주신 사명 포기하니
그 마음 불붙는 것 같아 견딜 수 없다

겉사람 환경에 항복하니
속사람 탄식하며
마음에 진리로 불 붙인다

성령의 사랑 깨닫고
양심 살아나니
쇠사슬보다 강하구나

폐부와 심장 감찰의 주
대적자의 치욕을 보이소서
전능자 노래하며 찬양하고
가난한 자 행악한 자 손 벗고
구원의 기쁨 누리게 하소서

성령의 사랑 깨닫고
양심 살아나니
쇠사슬보다 강하구나

창조주를 기억하고
진리 안에 있기를
먼저 결단하라

결단하라

사람의 마음 유리병과 같다
병 안에는 공기나 물이 들어 있듯
감사, 불만, 후회, 보람, 사랑, 미움
무엇이든 담길 수 있다

인간의 마음
환경과 지식에 영향을 받고
환경은 공중의 권세 잡은 악령이 지배할 수 있다
그러나 성령의 능력을 가진 자
악령이 지배하는 여론과 환경을 이긴다

반석 위에 주추를 놓아 건축된 집이
비가 오고 창수가 와도 견딤 같이
진리에 뿌리내린 자
모든 환경을 견딜 수 있다

환경과 자신을 이기려는 노력 전에
창조주를 기억하고
진리 안에 있기를 먼저 결단하라

절망과 희망의 바다

고난과 번뇌가 쏟아내는
한 편의 시

인생길 생로병사 짐 지고
니느웨 언덕 박넝쿨에
햇빛 가리고 위로받는 삶

선지자 요나의 길
주님을 잃고 자신만 위하는구나

죽어가는 육체
살아가는 영혼
절망과 희망의 바다 속에
영생의 길 헤엄치며
외로운 길 의롭게 누리며
조용히 익어가노라

성화로 바꾸다

어둠이 깊어졌다
새벽은 말세
자연도 사람도
공중의 새도
욕심이 내뿜는 내음

하늘이 울고
땅은 상처 난 몸
흐르는 피바다 칭얼대니

산호초도 하얗게 부서지나
전능자 보호 언약
희망을 잉태한다

주여! 빛의 능력 입히소서
소금의 성분 더해
썩음을 성화로 바꾸소서

행복했노라

가을나무
낙엽 옷 벗고
조용히 속삭인다

감사했노라
행복했노라

함께 했던 때
열매 맺고
바람 장단 춤추던 추억
찬바람 눈서리
함께 이겨낸 추억 곱씹으며

낙엽은 뿌리 덮고
가지는 겨울 맞을 준비하는구나

운명

진흙덩이
토기장이 손에 들려
정신없이 돌고
돌아가는 물레

토기장이 손
진흙 등 어루만지니
그릇의 형체 살아난다

그 손에 온몸 맡긴
진흙덩이 생사의 운명
토기장이에게 달렸음을
당신은 아는가

낙원 가리라

한 그루의 나무가
세월을 먹고 고목이 되니
열매도 줄고 새들도 찾아오지 않는다

과거에 붙잡혀 울지 말고
있는 모양과 환경을 받아들여라

속이 비어가고 잎이 줄고
껍질에 검은색 입혀져도
받아들여라

안타까움, 아쉬움 토로 말고
다 내려놓고 흙으로 가는 길 따라
죽어가는 인간의 육체

풀 같은 길에 동행함 알고
영원한 안식을 꿈꾸며
좁은 길 들어가는 문 열고
낙원 가리라

영원한 안식 꿈꾸며
좁은 길 들어가는 문 열고
낙원 가리라

한 알의 밀알로
많은 열매 맺은 당신
영원한 행복자구나

성역자

십자가의 무게를 느끼며
힘들게 가는 자
고역자요

십자가와 관계없이
직장처럼 주의 일 하는 자
교역자요

은퇴가 칠십이니
할 만해 하는 자
삯꾼이구나

십자가 은혜 아래
성령의 인도 받는 성역자
생명 드림을 누림으로 아는 자

한 알의 밀알로
많은 열매 맺은 당신
해 위의 누림 있으니
영원한 행복자구나

평안 있으라

내가 눈 감으면 너는 없고
내가 좋은 사람이라 하면
너는 좋은 사람되어 온다

내가 당신을 어떻게 보느냐
그것이 때론 행복의 척도

나의 행복은
나로부터 시작됨을
지혜자는 안다

한 편의 시를 쓰려
긴긴밤 고뇌와 원망
용서와 사랑을 오가며
안식의 때 반납했구나

살아있으니
아프고

함께하니
힘도 되고
짐도 된다

고민하고 갈등해도
없는 것보다 나은 것을

난 행복자라고 자족해보라
그러면 평안이 있으리라

기쁨의 발걸음

별빛 흐르는 고요한 밤
동방의 박사들 기쁨의 발걸음

베들레헴 말구유 임한 예수 경배하고
구주 만남 통해 열린 보배합

황금, 유향, 몰약 드리니
양치던 목자들 찾아오고

천군 천사 합창하니
하늘 땅 영광, 기쁨과 평화
온누리 충만하다

어둠이 물러가고
사망이 생명에 삼킨 바 되는
행복한 성탄 맞이하게 하소서

사랑의 하나님 주신 선물

작사 권태진 / 작곡 문성모

행복한 이날

행복한 이날 주님 주신 선물
캄캄한 맘 한 줄기 빛 주어
절망 중에 희망을 노래한다

세찬 풍파 일어나도
돌섬 되어 의젓하게
칭얼대는 파도 품에 안고
긴긴세월 머리에는 등대 이고

밤이 깊을수록 멀리보고
폭풍우 속 더욱 귀한 등대
항구 알린다
반석 위 세운 등대된 너
천국 인도 복 누리어라

할렐루야
반석 위에 세움 입은 택한 백성
그의 영광 찬양하라

별을 찾아라

하늘의 별
동방박사들을 예수님께 인도하다
헤롯 궁에 들어가니
별은 숨었고
동방박사들은 별을 잃었다

별을 잃은 자
잠을 설쳐 피곤하고
별을 잃은 자
세상에서 방황한다
수많은 이들 별을 잃고 방황한다

오른손에 일곱 별 붙잡은
주님의 능력 교회를 세우나
부와 권력에 사로잡혀
어둠에 지배 받으니
거짓말에 포로 되어 방황하고
하루하루 거짓의 종 노릇 하는구나

별을 보라
선지자, 사도들의 별빛을
바라보라 바라보라
믿고 따라가자

별이 만든 길
진리, 생명의 빛 전하는
저 캄캄한 하늘의 별
기뻐하자 감사하자

별이 머문 곳
그곳이 말구유라

저 하늘의 별빛 흘러주어

저 하늘의 별빛 흘려주어
주님을 찾게 하소서
어두워 헤매고 더듬어 찾는
주여 나를 도우소서

가는 날 추억 통해
오는 날 기대 삼고

질그릇에 보배 담겨져
소중한 생명 되었으니

질그릇 깨어지면
보배는 하늘 향할 것 알아
감사합니다 사랑합니다

선을 이루시려 부르시고
거룩한 세마포로 입히신 주
감사합니다 사랑합니다

풀 같은 인생
풀의 꽃 같은 육체 너머
영원한 약속 믿으며
새날 맞으니
사랑과 기대로
가득합니다

내가 가는 그 길에

지은이 권태진
초판발행 2024년 7월 8일

등록번호 제 2003-6호
등록된 곳 경기도 군포시 군포로 487, 402호
발행처 성빛출판사
전화 031-397-6757   **팩스** 031-397-9241
이메일 sungbitbooks@gmail.com
홈페이지 www.sungbit.com

ISBN   978-89-87187-38-9 (03810)